Disney's Aladdin

# À tes souhaits

Presses Aventure

Paru sous le titre original de : *As You Wish*
Ce livre est une production de Random House, Inc.

Publié par **PRESSES AVENTURE**, une division de
**LES PUBLICATIONS MODUS VIVENDI INC.**
55, rue Jean-Talon Ouest, 2e étage
Montréal (Québec)
Canada H2R 2W8

Dépôt légal - Bibliothèque et Archives nationales du Québec, 2007
Dépôt légal - Bibliothèque et Archives Canada, 2007

Traduit de l'anglais par : Catherine Girard-Audet

ISBN-13 : 978-2-89543-600-3



Nous reconnaissons l'aide financière du gouvernement du Canada par l'entremise du Programme d'aide au développement de l'industrie de l'édition (PADIÉ) pour nos activités d'édition.

Gouvernement du Québec — Programme de crédit d'impôt pour l'édition de livres —
Gestion SODEC

Disney's Aladdin

# À tes souhaits

par Melissa Lagonegro
illustré par Atelier Philippe Harchy

Presses Aventure

Très loin d'ici, de l'autre côté de la mer, vit un grand et gentil génie.

Frotte la lampe.
Regarde-le
s’envoler.

Pouf, pouf, pouf, il
s'élève dans les airs.

Tu obtiens ce que
tu désires.

Seulement trois souhaits.

Ne l'oublie pas !

Avec un pouf

Et un paf

# Et un grand boum…

.... le génie peut faire éclore les fleurs !

Il peut remplir
une chambre d'or.

Il peut attirer

la chaleur…

… ou le froid intense.

Jasmine souhaite
aller sur la lune.

Et faire un tour à bord d'une grande montgolfière.

Elle veut une robe
rose et bleue.

Pouf !

Le génie exauce ses souhaits.

Aladdin veut

naviguer en mer.

Et se balancer très
haut parmi les arbres.

Il ne reste plus qu'un souhait.

Que choisira-t-il ?

Un cadeau pour remercier le génie !

Quels sont tes trois souhaits ?